Das Rennen ins Leben

Elisabeth Nieskens

Das Rennen ins Leben

Meine Dokumentation nach Krebs

Bbliographische Informationen der Deutschen Bibliothek:
Die Deutsche Bibliothek verzeichnet diese Publikation in der Deutschen
Nationalbibliographie: detaillierte bibliographische Daten sind im
Internet über htpp: // dnb.ddb.de abrufbar.

Gewidmet meiner Mutter

Die Dokumentation aus den Jahren 2000 bis 2006 schildert Tatsachen.
und ist eine Sammlung von sehr persönlichen Erlebnissen und
Erfahrungen der Autorin. Sie veröffentlicht einen Auszug ihres
Lebensweges, also eine Auswahl von Ereignissen. Behandelnde Ärzte
sind bewusst nicht angegeben, um die Anonymität zu wahren.

.
Das Gedicht wurde mit freundlicher Genehmigung entnommen aus „Die
Faszination der Labyrinthe" Gernot Candolini und das Märchen aus
„Blaue Stunde" von Cordula Carla Gerndt Die Grußworte sind von
Professor Dr. phil. Wilhelm Overdick und Olaf Meier.

Fotonachweis
Studio Weiß, Andreas Riebe-Beier, Philippe Corradi, Olivier Favre,
Anette und Achijah Zorn und Wolfgang Nieskens

2006 Elisabeth Nieskens, Duisburg
Internet: nieskens-elisabeth@t-online.de
Herstellung und Verlag Books on Demand GmbH, Norderstedt
Umschlaggestaltung und Layout Wolfgang Nieskens
ISBN 978-3-8334-8109-3

Krebsdiagnose

Weltmeisterschaftsteilnahme

Tanzschritte

Die Naturkatastrophe

Märchenweg

2000
Die Krebsdiagnose

Krebs

hat so viele Gesichter

er kann Liebe nicht lähmen
er kann Glauben nicht schwächen

er kann Frieden nicht zersetzen
er kann Freundschaft nicht brechen

er kann die Seele nicht befallen
er kann den Geist nicht auslöschen

er kann die Wurzeln zu unserer
Verbindung nicht nehmen

er hat mich

zu neuem Leben geführt.

Sommer 2000

Ich war immer gesund. Ein Sonntagskind im Sternzeichen Krebs. Dann krampfte mit 46 Jahren mein Magen so schmerzhaft, dass ich zum Arzt ging. Gott sei Dank, nichts Weltbewegendes. Ich freute mich so, dass ich mir aus Dank nichts Bösartiges zu haben einen wunderbaren Flügel gönnte. Er ist aus warmem Nussbaumholz und wurde in meiner alten Heimat Österreich hergestellt. Dazu steht der Name des Klavierbauers, der genau so heißt wie mein Vater, über den Tasten. Das tat gut.

Ich fand eine Klavierlehrerin und übte mit viel Freude und mit dem Bewusstsein, für die Gesundheit dankbar zu sein. Bereits mit fünf Jahren spielte ich, oder besser gesagt, klimperte ich an der Seite meines Bruders Wolfgang. Wenn meine Eltern vierhändig Klavier spielten, füllte sich das ganze Musikzimmer mit Klang, und ich durfte die Noten umblättern.

Herr Ranz kam einmal die Woche zu uns nach Hause, um zu unterrichten, dann durfte ich den drehbaren Klavierhocker für mich ganz hochfahren. Ich liebte ihn schon als Kind. Er ist immer mit mir umgezogen, ebenso der dreibeinige Melkschemel.

Nach einigen Monaten kamen die Magenschmerzen wieder, dazu gesellte sich Haarausfall. Ich verlor erschreckend viele Haare.

Mein Bruder und ich:

Die Ärztin überwies mich zum Gynäkologen, und der fand den Knoten in meiner linken Brust. Er sah mich ernst und gleichzeitig fürsorglich an, als er aussprach, was er fühlte. Aus – Ende - vorbei - das war's, dachte ich! Wegen Haarausfall bin ich gekommen und womit gehe ich? Am selben Tag, am

25.10.00

wurde noch eine Mammographie gemacht, die den 3,5 cm großen Knoten bestätigte. Jetzt wurde mir die Ernsthaftigkeit meiner Erkrankung richtig bewusst. Diesmal gab es keinen Flügel. Wie gelähmt rief ich meinen Mann an. Dann brachte er mich ins Krankenhaus.

26.10 00

Meine Mutter starb genau vor acht Jahren, am 26.Okt 1992, an Krebs. Und ich? Drei Tage musste ich warten, um das aus mir raus geschnitten zu bekommen, wovor mir ekelte. Das war nicht meins und ich wollte es weghaben. So schnell wie möglich. Ich bildete mir ein, es wächst permanent, und das Unglück nahm unerträglich zu.

26.10.00

Gestützt von meinem Mann, stehe ich im Krankenhaus am Fenster. Wir sehen einen Schwarm Graugänse vorüberziehen. Wohin fliegen sie? Und ich? Ist mir Leben gegönnt oder wartet der Himmel auf mich?

Es war für mich wie ein Todesurteil ohne Vorzeichen. Es traf mich so unerwartet, aus vollem Leben und ohne jegliches Vorzeichen. Warum noch operieren? Ich fragte immer wieder: „Muss ich jetzt sterben?" Dann aber bitte schnell und nicht die Qual noch verlängern. Wenn nicht, dann will ich im Februar, wie schon lange geplant und perfekt organisiert, bei der Weltmeisterschaft im Hundeschlittenrennen mit unseren vier schneeweißen Samojeden in Österreich starten. Die Ärzte staunten und ließen mir mein Traumziel.

Seit Monaten trainierte ich mich und die Hunde für diese einmalige Chance. Alle Vorbereitungen liefen planmäßig und erfolgreich. Die Hunde waren top in Form, hatten Spaß beim Intervalltraining und sich reichlich Ausdauer angeeignet, hörten perfekt auf Kommandos, waren mit der gezielten Ernährung zufrieden und ergänzten sich wunderbar im Rudelteam. Die Untersuchungen aller Hunde, die Impfungen, alles war in Ordnung, erfolgreich haben wir die Qualifizierung für dieses große Ereignis vorbereitet. Auch der Urlaub war beantragt, alles war organisiert, aber mein Brustkrebs war nicht eingeplant.

27.10.00

OP-Tag. Alle kümmerten sich sehr liebevoll um mich. Mein Mann und die Freunde kamen sogar noch vor dem Operationstag, um mit mir Karten zu spielen. Mir war nicht danach, aber weinen konnte ich auch nicht mehr. Ich war wie ausgetrocknet.

Zum Glück gab mir die Zimmerkollegin vor dem Eingriff einen klitzekleinen Stein zum Lutschen. Das verursacht Speichelfluss. Sie hatte es in dem Buch „Traumfänger" von Marlo Morgan gelesen. Es funktionierte, und das stundenlange Warten, wenn man nicht mehr trinken darf, wurde damit erträglicher.

Mein Mann schreibt:
Lieber Schatz. Wenn du nach der OP aufwachst werde ich bei dir sein. Wir werden es gemeinsam schaffen. Um die 16 Pfoten brauchst du dir keine

Sorgen machen, gemeinsam schaffen wir es. Wichtig ist, dass wir uns lieben.

Nach der Operation war ich ein bisschen erleichtert. Der Fremdkörper war aus mir raus und konnte nicht mehr auswuchern. Jetzt war ich wenigstens davon befreit. Und ich lebe noch.

2.11 00

Shunda, ein Freund aus dem Nepal, schickt ein Fax mit Wünschen zur Gesundheit. Es weckt Erinnerungen an 1995, als wir ein Trekking bis zum Everest Basecamp gemacht haben. Daher heißen unsere Hunde wie die 7000 m hohen Berge des Himalaja: Nuptse, Makalu, Ama Damlam, Pumori. Sindy kam später dazu. Für einen Moment habe ich nicht an die Erkrankung gedacht.

Nachts brauche ich sehr oft und mehrmals die Hilfe der Krankenschwestern. Sie hören geduldig zu.

Der wunderbare Blumengruß per Fleurop von meinem lieben Bruder rührt mich. Er hat einen so guten Geschmack und ließ die Rosen in einen braunen Korb stecken, den ich heute noch benutze.

Wolfgang ruft oft aus Amerika an, weil er viel auf Dienstreisen ist. Ja, ich bin stolz einen so guten, großen Bruder zu haben. Besonders, weil unsere Eltern nicht mehr leben.

Jetzt begann die Hölle. Ich sollte entscheiden, wie weiterbehandelt werden soll. Damit war ich überfordert. Ich tobte in der Kapelle und haderte mit dem Herrgott. In der Kapelle ließ ich Briefbogen und Kugelschreiber liegen, mit der Bitte, es möge die richtige Antwort darauf stehen.

In meiner Not rufe ich meinen so fürsorglichen Gynäkologen an. Alle überlassen mir die Entscheidung. Auch Hildegard und Dagmar, zwei gute Freundinnen aus Krefeld, verhalten sich bei ihrem Besuch liebevoll, aber neutral. Das ist eine Kunst, zuzuhören, da zu sein und die Mündigkeit beim Betroffenen zu lassen. Wir haben schon viel Höhen und Tiefen in der langjährigen Freundschaft durch gestanden und das verbindet umso mehr.

Vielen Dank allen Engeln auf Erden und im Himmel. Ihr habt mich nie im Stich gelassen, aber einfach war es nicht. Vor allem, wenn man in der Situation steckt. Jetzt, im Nachhinein, sehe ich den roten Faden und doch tut es sogar heute nach sechs Jahren immer noch weh, daran zu denken, wie es war. Vielleicht sind das Schreiben und die Veröffentlichung weitere Schritte zur Genesung.

12.11.00

Eine Postkarte mit dem Aufdruck „Leuchte mir, Laternchen" habe ich an meinen Schatz geschrieben. Meine Schrift ist sehr klein aber mit grünem Stift. Die Krankenschwester kam mit einer

Apfelsine ins Zimmer und zeigt mir, wie ich mir in Zukunft ein Mistelpräparat spritzen kann. Es sieht leicht aus, aber in die eigene Haut stechen, dass geht mir zu sehr unter die Haut. Nein, ich passe. Das kann ich nicht. Sie ermutigt mich geduldig. Ich nehme allen Mut zusammen, möchte nicht hinsehen, aber mit geschlossenen Augen geht es nicht.

Zweiter Versuch! Mit Daumen und Zeigefinger eine Wulst drücken - beherzt die dünnen Nadel ins Fleisch. Theoretisch verstanden, aber praktisch mir nicht möglich. Wir vertagen es auf morgen. Heute habe ich nur die Apfelsine erfolgreich gestochen, morgen ist ein neuer Tag. Ich bin gewillt und es geht. Ja, tatsächlich, ich habe es geschafft. Es kostete nur Überwindung. Die Mistel war mir bislang nur als Weihnachtsschmuck bekannt und das Küssen darunter haben wir mehrfach genossen. Ich habe eine gute Einstellung zu der Pflanze und achte ihre Heilkraft.

Immer wieder neue Informationen, neue Werte und alles darf ich entscheiden. Ob bestrahlt wird, ob ich in die Memopause geschickt werden soll, so viel Verantwortung und Aufregung! Ich bin völlig überfordert.

Die Wunde erlaubt eine erste Bekanntschaft mit einem BH vom Orthopäden. Die Silikoneinlage ist kalt, eben eine Prothese. Mein kleines Model ist Mangelware. Da gibt es nicht viel Auswahl. Nehmen Sie den mit zwei Taschen. Nein, schreit es in mir. Ich will noch wenigstens die rechte Brust behalten und nicht vorsorglich einen BH kaufen, falls ich beide Brüste opfern muss. Noch nie in meinem Leben war mir die Brust so wichtig. Ich denke viel darüber nach, wie es für junge Frauen sein muss, die stillen möchten. Ob Milch in eine Brust schießt?

Fragen über Fragen beschäftigen mich. Die Untersuchungen zeigen eindeutig, dass die OP nicht ausreichte. Es muss weiterbehandelt werden. Ein neuer Schock!

Also Chemotherapie. Das ist für mich das Allerschlimmste! Ich, die im Garten, im Haushalt alles biologisch macht und für natürliche Ernährung sorgt, muss zu diesem Gift ja sagen. Es ist eine schwere Entscheidung.

Ich entschloss mich für die heftige Variante, weil ich bis zum Start mit den Schlittenhunden zur Weltmeisterschaft fertig sein wollte. Bis alles geregelt ist, darf ich nach Hause Die Freude wird gedämpft, weil ich merke, wie langsam und unsicher ich mich bewege. Der Weg vom Krankenhaus zum Auto strengt mich sehr an. Mein Mann hat als Überraschung meine Lieblingshündin, Nuptse, im Auto mitgebracht. Sie ist der Leithund beim Training und wird es auch beim Rennen sein. Zwei Jungen aus ihrem Wurf Ama und Makalu werden für Tempo sorgen und schnell die Steigungen überwinden. Der Rüde Pumori läuft auch mit. Er ist der älteste und der Vater von den beiden Jungen. Auf ihn kann ich mich verlassen. Er kennt die Kommandos perfekt und liebt vor allem den Rückweg. Er weiß genau, wann die Hälfte der Strecke rum ist. Normalerweise hilft man dem Gespann bergauf, aber ich habe keine Kraft! Nur mitfahren kann ich, bremsen und lenken.

Das Ziel dabei zu sein, hat mich über viele Tiefs getragen und motiviert, überhaupt noch mal ans Leben zu glauben.

Wie merkwürdig, als die Hündin mich sieht, weicht sie zurück. Der Abstand bleibt für ein paar Minuten. Spannung liegt in der Luft. Habe ich mich so stark verändert? Ich rieche vermutlich fremd. Dann erkennt sie meine Stimme und wird neugierig. Endlich lässt sie sich streicheln. Die Heimfahrt im Auto war wie im Film. Als wenn ich von einem fremden Stern käme. Die Tage zu Hause durchlebe ich wie in Trance. Als wäre ich nicht richtig da.

16.11.2000

Mein Bruder schreibt aus Hamburg:

Liebe Elisabeth, ich hoffe, dass dich deine Berg-und Talfahrten der Gefühle, der Sorgen und Hoffnungen nicht zu sehr belasten und du wieder an der Zukunft arbeitest. Wir drücken dir die Daumen, dass du und Wolfgang das alles auf die Reihe bekommt. Ich bin sicher, dass wieder alles gut wird und das Bewusstsein durch die Erfahrungen vieles kompensiert. Du weißt, dass ich kein großer

Bücherwurm bin. Eines meiner letzten Bücher hat mich fasziniert und nun hoffe ich, dass du es noch nicht kennst. Alles Liebe, dein Bruder Wolfgang

Wieder im Krankenhaus:
Gut eingestellt mit positiven Gedanken, dass die Flüssigkeit nur bestimmte Zellen trifft, lege ich mich ins Bett. Am Fußende habe ich ein Marienbild aufgestellt. Es soll mir Kraft und Mut schenken. Die Hand meines Mannes tut zusätzlich gut. Ich drücke sie oft. Viele verschiedene Schläuche, drei Flaschen, drei große Beutel - das alles soll heute durch meine Venen fließen? Das Einlaufen der Chemo dauert sechs Stunden. Dann werde ich „abgehängt" und wanke zur Toilette. Übelkeit schnürt mir die Kehle zusammen. Es tut nicht weh, aber danach ist es furchtbar. Die Nebenwirkungen, zum Beispiel, das laue Gefühl im Magen, der veränderte Geruchs- und Geschmackssinn, die weichen Knie muss ich durchleben, aber die seelischen Tiefs nach der Infusion, die mich tagelang begleiten, zermürben mich. Darüber mag ich nicht schreiben, wie schlimm das war. Soll ich das Ganze tatsächlich noch mehrmals durchmachen? Kann ich es noch mal zulassen? Stehe ich das durch? Wenn ich abbreche, was dann?

29.11.00

Man sieht mir die Wunde an, die Chemo hat das meiste dazu beigetragen. Ein radikaler Verfall. Ich bin mir selber fremd. So apathisch, leblos, lustlos. 48 kg atmendes Fleisch. Es muss ein Wunder geschehen. Nichts lockt mich aus dem Bett. Gar nichts. Wie soll es weitergehen? Wie?

30.11.00

Nur der Gedanke, nicht mehr zur Chemo zu gehen, baut mich auf. Dann könnte es aufwärts gehen. Gott sei Dank erlöst mich dieser Gedanke aus den dumpfen Qualen und dem kraftlosen Dahin-siechen.

Die Mitarbeiter eines Ehrenamtes laden mich zu einem Gottesdienst ein. Ich sitze bewusst ganz hinten und versuche mitzufeiern. Mein Mann stützt und beruhigt mich. Nach dem Gottesdienst bin ich froh, dass keiner von meinem Äußeren zurückschreckt. Jede Umarmung, jedes Lächeln tut so gut und dennoch muss ich nach einigen herzlichen Begegnungen nach Hause, weil mir schnell alles zu viel ist.

Dorle, Ralf, Olivier, Rolf, Lars, Rolf, Erna, Renate, Rolf, Freyer

Husky – Freunde aus der Schweiz

Ich entscheide mich dafür, mit dem Risiko, wieder zu erkranken. Ich verbringe Tage im Bett, aber zu Hause. Die Narbe schmerzt. Es sieht aus wie eingenäht das Wort **LIEBE**~~~##### #~~~~Ich kümmere mich darum. Das ist alles schnell gesagt und hingeschrieben, aber im Erleben kostet es viel Energie und Lebenszeit.

01.12. 00

Um 7.00 Uhr morgens trainiert mein Mann die Hunde. Ich schaffe es mitzukommen und nur zuzusehen. Nicht mal einen könnte ich an der Leine halten, so geschwächt bin ich.

02.12.00

Das Baden im Solebad bringt Spaß. Ich freue mich wie ein kleines Kind, das zum ersten Mal schwimmen geht. Trotzdem kostet es Überwindung. Ich dachte, nach einem Autounfall soll man möglichst schnell wieder ans Steuer, also will ich nicht lange ein Geheimnis daraus machen, sonst schieb ich es raus und trau mich am Ende gar nicht mehr. Außerdem gibt es Badeanzüge mit besonderen Taschen für wassertaugliche Einlagen.

4.12.00

Meine bewusste Entscheidung, die Chemotherapie abzukürzen, kommt ins Schwanken. Soll ich neu entscheiden? Ich brauche sie nicht, kann ich nicht sagen, aber ich will sie nicht mehr. Sie schadet mir zu sehr. Ich muss gut für mich sorgen. Die Brustamputation will auch seelisch verkraftet werden. Niemand geht ganz, etwas bleibt. Das kann ich bestätigen, denn die Brustwarze spür ich ganz deutlich, dabei ist nur noch die Anlage da. Aber die Zellen oder was immer es ist, erinnern sich. Ich bin sehr oft todtraurig.

Irgendwie muss ich bewusst Abschied nehmen, am liebsten hätte ich die abgenommene Brust vergraben, beerdigt. Vielleicht kann mir ein Ritual helfen. Es ist alles noch so nah. „Schneeweißchen und Rosenrot" heißen sie für mich. Ich liebe Rosen.

9.12. 00

Mein Mann hat heute Geburtstag. Ich sitze mit Kopftuch am Tisch, weil alle Haare ausgefallen sind. Er hat Freunde eingeladen und Käse besorgt. Ich bin nur da, nicht wirklich dabei.

Orangensaft, frisch gepresst, darauf hab ich Appetit. Ich wiege nur 48,6 kg. Ich brauche dringend Energie.

16.12.00

Meine Freundin Angelika hat heute geheiratet. Ein schönes Fest. Sie ist sehr fraulich geworden.

Die beiden sind ein Traumpaar. Für ein paar Stunden kann ich mitfeiern. Ich trage zum ersten Mal eine Perücke. Einen flotten Kurzhaarschnitt in meiner gehabten Haarfarbe. Viele sagen, das stehe mir besser als meine eigene Frisur. Sie meinen es gut, mich hat es aber verletzt. Überhaupt bin ich sehr dünnhäutig geworden.

24.12.2000

Wir sind zur Alm nach Österreich gefahren. Beim Eintreten in die Alm fühlte ich mich etwas fremd und konnte mir nicht vorstellen, dort früher wochenlang alleine gelebt zu haben. Als das Kaminfeuer knisterte und die Bienenwachskerzen ihren Duft verströmten, ging es besser.

Wir ziehen seit Jahren, immer am Heiligen Abend, vor dem Mettengang aus reinem Bienenwachs in einem Kupfergefäß Kerzen. Für eine Kerze, 20 cm lang und 4 cm dick, brauchen wir über eine Stunde. Nach jedem Eintauchen muss sie abkühlen, dann wieder tauchen und so weiter. Dabei kann man gute Gedanken für den Menschen hineinarbeiten, der sie geschenkt bekommt.

Ich hatte einen wunderbaren Traum und bin überglücklich. Ich träumte, dass ich plötzlich gesund war und spürte es am ganzen Körper. Steh auf und geh - dein Glaube hat dir geholfen.

Nuptse mit acht Samojedenwelpen   Weihnachtsspaziergang

Hole dir das Herz heim,
wir haben die stillen Nächte verloren.
Du durchwachst das Grauen
mit geöffneten Augen und der argen Zeit Lärm
klappert neben deiner Schlafstatt.
Schließe die Augen,
bleib wachsam, hole das Herz heim,
mach eine Wendung,
und es kann geschehen,
dass einer dich ruft,
dich über die Grenzen trägt,
in einer heiligen Nacht
Ute Zydek

Ich bin sehr ruhebedürftig. Manche sagen, ich ginge mit einem Affentempo voran. Ich bin immer schnell. Die Wunde meldet sich.

Jetzt sieht sie aus wie **FRIEDEN** ~~####~~ eingenäht. Ich nähre sie.

28.12. 00

Zweifel überkommen mich. Ich friere so. Habe ich mir zuviel zugemutet?

31.12.00

Silvester ohne große Feier. Ich vertrage nur Ruhe, bin sehr geruchsempfindlich. Ich freue mich zu leben, das heißt richtig lebendig bin ich nicht, aber auch nicht scheintot. Fühlt sich an, als ob ich in einer geschützten Wärmeglocke brüte. Alles dreht sich um mich. Wie geht es Elisabeth, fragen alle. Dabei lastet viel Verantwortung auf meinem Mann, der mich so liebevoll umsorgt. Wir sind uns trotz der schweren Zeit, oder gerade deshalb sehr nahe. Schön, dass es ihn gibt.

02.01.2001

Durch den Schnee zu gehen kostet Kraft. Ein kleines Stück Ski fahren geht. Noch sechs Wochen bis zum großen Start. Immer habe ich davon geträumt, als Österreicherin in meiner Heimat zu starten. Mein Mann kann nicht starten, weil er die deutsche Staatsbürgerschaft hat. Er könnte für Deutschland starten, hätte sich aber vorher dafür qualifizieren müssen. Alles hängt von meiner Gesundheit ab.

12.1.01

Nimmt das gar kein Ende mit den gut gemeinten Ratschlägen? Jeder rät was anderes, von Sauerstofftherapie über Heilwasser, über Ringelblumensalbe von Maria Treben, Bachblüten, Singen, Feldenkrais, Visualisierungsmethode, Atemtherapie, Ölbaden mit Jungebad, liebevoller Tagesrückblick, lesen, Heileurythmie,Biographiearbeit, Gesprächstherapie, Familienaufstellung und Pilgern. Einen Löffel Honig täglich auf der Zunge zergehen lassen rät mir meine Mann, als Hobbyimker. Die Sonnenkraft tut wirklich gut, natürlich nicht sofort, aber allein der Gedanke, welches Geheimnis sich im Bienenvolk verbirgt und wie liebvoll er seine Völker versorgt, beeinflusst mich positiv. „Jetzt ist Winterruhe" sagt er, „aber im Frühling bringen sie wieder neues Leben hervor- und du auch, meine große Bienenkönigin" fügt er hinzu." Es nimmt kein Ende. Wenn ich nur einen Teil von dem tun würde, was mir geraten wird, wäre ich rund um die Uhr mit Anwendungen beschäftigt. Zu gerne würde ich mein Ehrenamt weiter beibehalten und mit Hedwig, einer alten Schul- und Internatsfreundin, den

Jakobsweg ein Stück pilgern(wir haben es fünf Jahre später tatsächlich geschafft und sind auch noch von St.Diago de Campostella bis ans Ende der Welt, nach Finestre gewandert).

16.01.01

Das Essen fällt mir schwer. Überall schmecke ich Zusatzstoffe raus. Sogar bei frisch gekauften Blumen spüre ich, ob sie behandelt, gespritzt sind. Ich stehe extrem im Mittelpunkt unseres Privatlebens.

20.01.01

Nur der Wunsch in Annaberg zu starten hält mich aufrecht. Nur dieses Ziel bewegt mich aufzustehen, daran zu glauben, dass Leben möglich ist. Wolfgang gibt mir abends im Bett seine rechte Hand, ich lege meine linke hinein und so gefaltet beten wir still: - dein Wille geschehe. Manchmal rebelliere ich und will ein Wörtchen mitreden, anderseits wiederum tut es gut, geführt zu werden. Meine Stimmung fährt Achterbahn und Karussell.

22.01.01

Ich bin völlig kraftlos, körperlich ein Wrack. In der Klinik habe ich ein Bild gemalt. Einen verwüsteten Schuppen. Krieg hat ihn zerstört, nichts ist geblieben. Die Luft ist versaut, es riecht nach Kanonenfeuer und ausgehauchtem Leben. Das

Leiden verstummt. Alles ist kaputt. Ein klitzekleines Körnchen von Gold liegt mutterseelenallein, rechts, mitten in den Trümmern. Es leuchtet weit, so klein es auch scheint.

26.01.01

Ich bin zu Hause und gehe zum ersten mal durch den Garten. Die ersten Schritte im Freien tun gut. Dann ist wieder viel Ruhe nötig.

Hoffnung rührt sich. Ich schaffe es nämlich, die Hunde zu füttern. Geht es aufwärts?

30.01 01

Noch zwei Wochen bis zum Start der Weltmeister schaft. Ich bin voller Hoffnung, dass alles klappt.

2001
Weltmeisterschaftsteilnahme

Gott
gebe mir die

Gelassenheit
Dinge hinzunehmen
die ich nicht ändern kann

den Mut
Dinge zu ändern
die ich ändern kann

und die Weisheit
das eine vom anderen
zu unterscheiden

12.2.01

Wir packen für das Abenteuer. Wolfgang übernimmt die ganze Autofahrt.

Wir kommen gut in Österreich an. Der Winter zeigt sich von der schönsten Seite. Am Stake Out wird uns ein ruhiger Platz für das Wohnmobil zugewiesen. Ich zeige mich heute niemandem, die Anspannung ist so groß. Ich schlafe kaum.

Die Hunde merken, was los ist. Die Rennatmosphäre kennen sie und lieben den Schnee, als ob sie spüren, woher sie ursprünglich kommen. Sie sind für diese Jahreszeit einfach gerüstet mit ihrem doppelten Fell, der Unterwolle und Oberwolle mit Eisglanz an den Spitzen. Ihre Lefzen gehen hoch, deshalb der Name, der immer lächelnde Hund. Diese drei Tage sind genau eingeteilt. Drei Stunden vor dem Rennen bekommen sie einen Liter Flüssigkeit, damit sie während des Laufens keinen Schnee fressen. Dann Ruhe in der Hundekiste. Vor dem Start noch kurz ins Freie, um das Geschäft zu verrichten und nicht unterwegs anhalten zu müssen. Mit sanften kreisenden Bewegungen, werden die Muskeln warm massiert. Diese Methode hat Linda Tellington Jones entwickelt, als eine neuartige Form der Körperarbeit. Sie ist weltweit anerkannte Verhaltens- und Körpertherapeutin- ursprünglich für Tiere, dann auch für Menschen - mit der Entwicklung der sanft kreisenden TTouches hat sie revolutionäre Erfolge erzielt. Die Bücher, Videos sind internationale Bestseller und viele Lehrer in

Europa bringen einem dies Methode näher, denn viele Physiotherapeuten setzen TTouches seit langem erfolgreich als Ergänzung zur medizinischen Behandlung ein. Ich wende die sprechenden Händen oft bei meinen Vierbeinern an und schenke ihnen damit nicht nur ganz besonderes Wohlbefinden, sondern auch Vertrauen, Sicherheit und Gesundheit. Angst und Verspannung verschwindet bei den Hunden und gleichzeitig bei mir. Dann Chip Kontrolle vom Tierarzt zur Identitätsprüfung, Überprüfung der Impfungen, dann die letzte Pfotenkontrolle, eventuell Einkremen, damit der Schnee nicht so klumpt.

Mein Herz schlägt Purzelbäume. Hätte ich Haare, würden sie zu Berge stehen. Morgen ist die Ausgabe der Startnummern.

14.02.01

Die Eröffnungsfeier ist sehr feierlich und international. Ich weine. Noch nie habe ich so einem sportlichen Team angehört. Jedes Land hat seinen Fahnenträger, eigens dafür angefertigte Anoraks mit Aufdruck, und die Landeshymnen dürfen auch nicht fehlen. Es ist so ergreifend. Und ich lebe und darf dabei sein. Nur wenige wissen, dass ich operiert wurde, und dick eingemummt fällt draußen keinem was auf. Außerdem ist jeder mit sich und seinen Hunden sehr beschäftigt.

15.02.2001

Ich starte um 13.30 Uhr in der Mittagssonne mit der Nummer 155. Vor mir sind elf Männer und eine Frau unterwegs. Zuerst gehen die großen Gespanne mit zehn und mehr Hunden auf den 22.4 km langen Trail und die Bestzeit ist 56:16,6. Dann kommen Pulkastarter mit Langlaufskiern und einem Hund. Sie laufen 11,6 km. Nach den Huskys startet die Kategorie C2, wozu wir gehören. Das sind die Malamuten, Grönländer und Samojeden, alles Ausdauerhunde. Die Huskys sind echte Sprinter, mit denen wir in der Höchstgeschwindigkeit nie mithalten könnten. Wolfgang wachst mir noch mal die Kufen des Schlittens. Einen Anker muss man dabei haben, um gesichert anhalten zu können, und einen Transportsack, falls unterwegs sich ein Hund verletzt. Ich muss oft auf die Toilette. Der Kopf dröhnt, die Wunde schmerzt, die Knie schlottern. In meiner Kategorie starten elf Männer und zwei Frauen.

Jede Minute geht ein Gespann auf den wunderbar präparierten Trail. Er führt zuerst an einem Bach entlang 4 km Tal aufwärts, biegt dann über eine schmale Brücke ab und windet sich in Serpentinen den Berg hoch, vorbei an vereinzelten Höfen. Romantisch geht es hinein in den Wald und führt dann nach 8,2 km auf einem rasanten Ziehweg ins Ziel.

Die Strecke ist gekennzeichnet und unterwegs stehen Streckenposten, die kontrollieren, dass man keine Abkürzung fährt. Gelbe Tafeln unterwegs bedeuten Achtung! Blau heißt geradeaus weiter fahren und Rot signalisiert abbiegen. Es gibt auch allgemeingültige Überholregeln für die Musher. Viele Länder sind vertreten. Am ersten Tag muss man ein Zeitlimit erreichen, damit man an den nächsten zwei Tagen noch starten darf.

Durch den Lautsprecher werde ich aufgerufen, an den Start zu kommen. Es ist heiß in der Mittagssonne. Ich kühle den Hunden den Nacken mit Wasser.

Die Zeitnahme tickt, 5,4,3,2,1 zähle ich herunter, die Hunde bellen, sie kennen diese Zeremonie, sie wollen laufen. Ich rufe „Go" und das Rennen ins Leben läuft.

Die Hunde ziehen mich auf dem Schlitten. Es ist wahr geworden. Sie machen die ganze Arbeit. Ich leite sie nur mit Worten. All die Angst, die Trauer, die Schmerzen sind für Momente vergessen. Ich freue mich wie ein kleines Kind. Wunderbar geht es, auch bergauf. Die Zuschauer feuern mich an und winken. Fotografen knipsen die herrliche Kulisse. Dann hör ich nur noch das gleichmäßige Hecheln der Hunde und wie der Schlitten über den Schnee gleitet. Ein beruhigendes   sssssssssssssssssssss. Ich fasse es kaum, ich bin unterwegs.

"Trail", ruft jemand hinter mir. Das bedeutet, den Überholer ungestört vorbeizulassen. Kaum ist er vorbei, bekommen meine Hunde Lust hinterher zu jagen. Das macht Spaß. Bergab bremse ich, vor allem in den Kurven, um ja nicht zu stürzen. Nach 34 Minuten sehe ich das Ziel zum Greifen nah. Den Zieleinlauf mit Applaus lieben meine Hunde. Noch wenige Meter - geschafft! Die Zeitnahme stoppt und mein Herz rast. Ich bin überglücklich, für uns geht das Rennen weiter!

Ich schwelge in Glück. Tiefe Dankbarkeit erfüllt mich. An dieser Stelle möchte ich auch besonderen Dank meinem Mann aussprechen, der immer an mich glaubt. Die Hunde können nicht lesen, spüren aber, wie stolz ich auf sie bin. Es ist nicht übertrieben, wenn ich sage, das Rennen hat mein Leben gewendet. Es hat mich auf die Lebensspur zurückgebracht.

Die Hunde bekommen Wasser und jede Menge Belohnung. Noch lange sitze ich auf dem Strohballen vor dem Wohnmobil, streichle ihnen das weiche Fell und bin zutiefst zufrieden und unendlich dankbar. Stark fühl ich mich! Zum ersten Mal nach langer Zeit, richtig stark.

Auch die nächsten beiden Renntage verliefen wunderbar. Die Sieger bekamen Pokale. Ich hatte für mich gesiegt! Jetzt wusste ich, dass in mir noch Leben ist, was gelebt werden will. Ich entschied mich für die Seite des Lebens, und viele Menschen und andere Glücksbringer halfen mir dabei. Sichtbar und manchmal im Verborgenen wurde ich wunderbar begleitet, getragen, geachtet und liebevoll in Ruhe gelassen. Ich danke euch allen von ganzen Herzen. Ihr seid wunderbar.

"Das Rennen ins Leben"

Mein Mann und ich in Annaberg-Österreich

„Das Rennen läuft!" Weltmeisterschaft 2001
Nuptse, Ama,.Pumori, Makalu, Elisabeth v.l.n.r

Die Seele des Samojeden

Ich bin so alt wie die Welt und so jung wie die Zukunft. Die Jahre über reiste ich gerne an deiner Seite und ich kann mir ein Leben ohne dich nicht vorstellen. Ich ließ meine Stimme zu frohen Festen mit dir erklingen. Menschenlieder und der Gesang von Hunden vereinten sich für immer in natürlicher Harmonie. Ich bin die Seele des Samojeden.

Es gab einmal eine Zeit, in der Tiere und Menschen sich näher standen. Das Leben war einfacher und man hatte weniger Bedürfnisse, weshalb es leichter war, die gemeinsame Sprache des Lebens zu verstehen. Man könnte fast sagen, dass die Menschheit und meine Artgenossen miteinander sprechen konnten. In dieser Zeit lernte ich dich gut kennen. Unsere Leben waren voller Elend. Es gab große Mosquitoschwärme und Fliegen in der warmen Zeit, Wölfe und Polarbären, als es kalt und dunkel war. Die ersten meiner Artgenossen hüteten Rentiere und waren willkommen und wurden geachtet. Wir teilten mit euch die Schlafplätze am Lagerfeuer und hatten viele Freuden. Lange Winternächte schliefen wir zusammen, während die Farbe am Himmel alles Weiße zu Grau, dann in Pink und wieder zurück verwandelten. Es sah wie ein Lagerfeuer am Himmel aus. Der Geruch von Gebratenem macht mich immer noch hungrig. Wenn wir das Eis im Fluß brechen hörten, ahnten wir, dass es Zeit war weiter zu ziehen. Und jede Generation brachte uns näher zu dir. Soviel von dem, was wir heute sind, wurde zu dieser Zeit gelernt. Wir halfen die Schlitten zu ziehen, wir vertrieben Karibus mit unserem fröhlichen Gebelle und es gibt keinen Schneehasen, den wir nicht aus seinem Bau herausgezerrt hätten. Tausende von Jahren vergingen und unsere Leben veränderten sich für immer. Aber wir blieben immer an deiner Seite. Auch als wir Amundsen zum Südpol führten und während der Bombardierung Englands. Jetzt trifft man uns in vielen Ländern an, weit weg von unserer arktischen Heimat. Es freut uns immer noch mit dir zu sein. Das Ereignis, das du Hundeshow nennst, fällt uns leicht und macht uns viel Spaß. Manchmal jedoch, denken wir, dass wir einen Schneehasen außerhalb des Rings erblicken, und unsere Seelen bekommen Sehnsucht, die alten Wege wieder aufzunehmen. Wir sind zusammengekommen in einem Land der Mythen und Legenden, wo Vergangenheit nur einen Herzschlag entfernt liegt und man die Schwingung, das Lied der Natur, der Berge, der Flüsse, der Bäume, des Himmels hören kann. Manche sagen auch, es sei ein Land, in dem Geschichten, die am Lagerfeuer erzählt werden, die alten Seelen der Menschen und Hunde dazu einladen könnten zuzuhören. Lass das unsere Aufgabe sein. Eine Zeit des Zusammentreffens, wie es einst schon war. Ich werde zu unseren Lagerfeuern und Schlafplätzen kommen. Lass die Zeit wieder eins sein, in der Mensch und die Samojeden eins sind. Lass das Lied für immer erklingen in vollkommener Harmonie, denn ich bin die Seele des Samojeden.

Diese Geschichte habe ich aus Amerika mitgebracht und vor vielen Freunden erzählt, die unter freiem Himmel zuhörten. Meine Leithündin Nuptse saß dann neben mir und heulte im passenden Moment wie ein Wolf. Ob es an meiner Indianerverkleidung lag oder am Inhalt? Wenn ich heute Märchen erzähle, erinnere ich mich gerne an diese besondere Atmosphäre und das wunderbare Gefühl der Gemeinschaft.

Nuptse genießt die Sonne

Ich möchte frei sein, so wie du

2001
Tanzschritte

In meinem Herzen strahlt die Kraft der Sonne.
In meiner Seele wirkt die Wärme der Welt.
Ich will atmen die Kraft der Sonne.
Ich will fühlen die Wärme der Welt.
Sonnenlicht durchdringt mich.
Wärme der Welt erfüllt mich.
R. Steiner

01.04 2001

Was ist das nächste Ziel nach dem Rennen? Etwas Neues? Mich ausschließlich auf die Hunde zu konzentrieren ist zu einseitig. Aber was ist möglich? Ich bin ja noch dabei, die Nebenwirkungen der konventionellen Therapie zu verarbeiten. Ich kann nicht einfach von Krebs auf Gesund wechseln. Meine Träume sind ein Hinweis, wie aufgewühlt mein Innenleben ist. Was kann ich praktisch tun, neben dem vielen Denken? Mein Gefühl, steif und zweigeteilt zu sein, durch die Operation, quält mich.

Da begegnete mir unter Anleitung einer Therapeutin die wichtige Quelle zu meiner Gesundheit, die Kunst des Tanzens. Es öffnete sich ein schöpferischer Weg für die Bewältigung meiner Bewegungseinschränkung. Mit Freude hörte ich die Musik aus verschiedenen Kulturen, lernte die einfachen Schritte und ließ mich von der schon geübten Gruppe an die Hand nehmen. Diese aktive Auseinandersetzung mit Musik, Bewegung und Gemeinschaft wirkte gut. Besondere Begabung brauchte ich nicht mitzubringen. Ich spürte sehr schnell, wie dieses kreative Tun einen Prozess ankurbelte. Die eingeschränkte Armhaltung, so zu trainieren, brachte Spaß, und beinahe spielerisch konnte ich meine Grenzen erweitern. Nach Jahren weiß ich um die befreiende, beseelende und stärkende Wirkung. Mir hat es gut getan. Es ist gar nicht so schwer, seine eigenen Gesundheits-Ressourcen zu finden. Ein bisschen in sich hineinhorchen, was die innere Stimme sagt, was sie meint, dass mein Körper, meine Seele jetzt brauchen, damit es mir gut geht. Und zwar jetzt, denn Wünsche ein Leben lang vor sich herschieben, nützt niemanden. Es ist keine Zeit zu verlieren. Tue es direkt, carpe diem! Wenn nicht jetzt, wann dann?

04.05 2001

Mein Kurantrag ist genehmigt. Dort lerne ich die nächsten Tanzschritte. Beim Frühstück erzählt eine ältere Dame, wie gut ihr das Tanzen bekommt. Tanzen? Hier, während einer Reha-Maßnahme? Sie weckte damit mein Interesse. Noch am selben Abend lerne ich die ersten Schritte zu wunderschöner Musik. Die Gruppe bildet einen Kreis, wir geben uns die Hände und die Leiterin zeigt die Schritte. Die griechische Musik und ihre erklärenden Worte unterstützen uns Tanzanfänger, und es macht Spaß. „So geht das", staune ich und alles ohne Partner, wie einfach. Vorwärtsgehen rückwärtsgehen, pendeln, drehen, dazu meditative Musik. Ich war begeistert.

Die Schmerzen im linken Arm hatte ich vergessen. Dabei war es manchmal so unerträglich, als ob eine Katze ihre Krallen in die Wunde krallte. Ja, ich konnte nicht auf der linken Seite liegen, nicht darauf schlafen und den Arm zu bewegen vermied ich.

Beim Tanzen schaffte ich sogar die Arme ganz nach oben zu strecken und hin und her zu wiegen. Im Alltag und bei der normalen Gymnastik spürte ich viel deutlicher meine Grenze. Neben diesem gesundheitlichen körperlichen Aspekt, freute sich mein Inneres, in Gemeinschaft zu sein. Was andere beim Chorsingen erfahren, konnte ich hier und jetzt beim Tanzen erleben. Gut, dass es verschiedene Ansätze gibt und für jede das Richtige da ist. Ich muss es nur wahrnehmen.

26.06.01

Was für ein Glück, dass ich auch auf diesem Wege dem Tanz begegnet bin, und zu Hause eine Möglichkeit fand, weiterzumachen. Wie das so ist, wenn man sich für etwas interessiert, fällt einem alles dazu Passende auf. Jeden Mittwoch trifft sich eine Gruppe von der Rheumaliga und schwingt das Tanzbein, so gut es geht. Dabei kommt das Lachen auch nicht zu kurz, denn Tanzen steigert die Lebensfreude trotz „Zipperlein". Und wir lernen, uns mit unseren „Fehlern" zu akzeptieren. Wegen Männermangels, übernehmen einige Frauen selbstbewusst die Führungsrolle. Willkommen ist jede Figur und jedes Alter; denn man ist so alt, wie man (Frau) sich fühlt.

13.07.2001

Bei einem Wochenendkurs in Essen mit der Überschrift „Israelisches Tanzen" für Anfänger lernte ich zufällig Birgit kennen. Sie konnte auf Ansagen hin sofort alle Details und bewegte sich so superleicht und weich, dass ich sie fragte, woher sie das kann. In der Pause erzählte sie mir bereitwillig von ihren Tanzgruppen und schickte mir Informationen über eine Ausbildung zur Tanzleiterin zu. Da ich nicht mehr berufstätig sein konnte und meine Zeit nicht nur mit Nachsorge verbringen wollte, ließ ich mich beim Bundesverband Seniorentanz e.V. mit Sitz in Bremen ausbilden. Ohne Birgit und die anderen begeisterten Tanzfrauen im Ruhrgebiet hätte ich es nicht geschafft. Bei ihnen sammelte ich viel Praxis, die ich nach und nach ausbaute. Meine Kräfte erlaubten, einmal in der Woche selber eine Tanzgruppe im Sitzen in einer Begegnungsstätte zu leiten. Eine flotte Gruppe (Männer und Frauen) trifft sich in einer schönen großen, hellen Halle in Wedau-Duisburg. Der Veranstalter ist der Westdeutsche Fußball- und Leichtathletikverband.

Tanzen hat mir geholfen, immer wieder aufzustehen, wenn es mir selber manchmal nicht mehr danach zu Mute war. Tiefs gab es immer wieder, und leicht wäre ich in diesem Loch geblieben. Die Aufgabe, ein bisschen was zu tun zu haben, gebraucht zu werden und sich selber weiterzubilden, tat gut. Auch die Möglichkeit, in Moers, Ratingen, Bochum, Krefeld, Duisburg einfach mitzutanzen, schätze ich sehr. Wenn Sie sich bewegen wollen und auch etwas für Ihr Gedächtnis tun wollen, sind Sie beim Seniorentanz genau richtig. "Lächeln mit den Füßen" bezeichne ich Tanzen. Wann lächeln sie mit?

10.10.2001

Nichts ist wie vorher. Der Alltag versucht einzukehren, aber immer wieder sind neue Hürden zu überbrücken. Ist es lebenswert, schon um 20.00 Uhr ins Bett zu gehen? Meine Geduld ist stark strapaziert. Ich kann doch nicht immer auf der Alm in Österreich leben. Dort geht es mir gut. Keine Störungen, keine Verpflichtungen, Erwartungen, statt dessen totaler Rückzug von allem. Wie lange brauche ich noch, auf der Erde zu stehen? Wie lange hält das mein Mann durch? Bin ich mit einem Bein schon weg? Habe ich mich innerlich von der Erde verabschiedet? Ist das mein Heimweh?

19.11. 2001

Ich versuche, von einem Tag zum nächsten zu überleben. Anderseits plane ich meine Beerdigung bis ins Detail. Alles ist vorbereitet. Wer, wo, was, wie und sogar der Wunsch, mir einen Rucksack beizulegen. „Sterben kann ich", steht im Tagebuch, „leben möchte ich lernen!" Mein OP-Termin mit all den einschneidenden Erlebnissen jährt sich.

Eine Rückschau:

Eisig ist das Gefühl, Krebs (gehabt)zu haben. Wie eine lange Nacht ohne Tag. Feindlich gesinnt dem Leben, das ihm doch sein Terrain abtrotzt, ja Strategien entwickelt, sich am Leben zu halten - für das Frühjahr, wo Tiere ihre Jungen bekommen, sich der Vogelzug auf den Weg macht zu sättigenden Futterstellen, Küken sich in flauschigem Fell kleiden und die Erde grünt und neu erwacht. Was tut sich in mir, wo Zellen ihr Revier haben und Killerwale ihre Nahrung finden? Ich schaue mich um, kämpfe durch Angst und Selbstaufgabe und tauche ein ins tiefe eisige Innere hinab. Szenen von Trauer entstehen, und die Seele spricht zu mir. Sie ruft laut.

„Nimm dir das Leben, glaub an den Kreislauf der Natur, in der du einen ganz besonderen Auftritt hast." Jetzt, führ dir vor Augen, was verloren zu gehen droht, wie viel Leben buchstäblich dahin schmilzt und nimm das Ruder in die Hand. Eisige Brocken von wilden Gedanken stoßen auf ein zartes wärmendes Flämmchen in mir.

Eiskalt ist das Gefühl, Krebs(gehabt) zu haben.

Ein Ausblick

Heiß, glühend heiß ist mein Wunsch nach Leben!!! „Das Zelt wird erwärmt von der Hitze des Herdes, die Seele der Menschen von Liedern und Märchen".

2003
Die Naturkatastrophe

Ein Mensch,
der sich seiner nicht bewusst ist,
gleicht einem Wagen,
dessen Fahrgäste die Begierde,
dessen Pferde die Muskeln und
der Wagen selbst das Skelett ist.
Das Bewusstsein ist der schlafende Kutscher.
Solange er schläft, wird der Wagen ziellos, bald
hierhin, bald dahin gezerrt.
Jeder Fahrgast will an sein Ziel, jeder die Pferde
und Wagen so lenken, dass jeder Fahrgast sein Ziel
erreicht.

Gleichnis aus Tibet

Isoliert, in 1000 m Höhe! Ardning/Steiermark

02.01.2003

Ich bin schon seit drei Wochen auf der Alm und verbringe den wunderbaren Winter hier oben ohne Strom. Es ist mühsam dort auf 1000 m Höhe zu überleben, aber ich liebe das einfache Leben in Gottes schöner Natur. Alle Hunde sind dabei. Sie sind wichtig für mich. Ich trainiere sie hier für die Europameisterschaft, die in derselben Höhenlage in der Tschechei stattfinden wird. Die Bedingungen hier sind ideal. Aus Spaß spanne ich bei Vollmond den Schlitten ein und starte von der Alm weg. Herrlich, in den lockeren Schnee eine jungfräuliche Spur zu ziehen. Ich juchze und bin glücklich.

Stark bin ich geworden und selbständig. Ich kann Schneeketten alleine anlegen, um von der Höhe ins Tal zu kommen, schaffe knisterndes Holzfeuer und dass der Kohleofen nachts durchheizt, spinne feine Wolle mit dem Spinnrad, ziehe dicke Kerzen aus reinem Bienenwachs, drehe das Butterfass bis zum Buttern und staune über den Sternenhimmel. Die Milchstrasse ist zum Greifen nah. So viel Glück, ich könnt für immer hier bleiben. Ist es eine Flucht? Werde ich jemals genug davon haben? Diese Ruhe, dieser Frieden, diese Weite, alles tut mir so gut.

Und mein Mann ist jederzeit telefonisch zu erreichen. Das brauche ich auch. Manchmal mehrmals täglich. Eine menschliche Stimme in der absoluten Einsamkeit, die mir bedingungslose Liebe schenkt.

02.02. 2003

Es ist ein besonderer Winter. Es schneit seit Wochen, beinahe ununterbrochen. Ich gehe mit Schneetellern aus Amerika und versuche, einen schmalen Weg zu treten. Schneeschaufeln geht nicht mehr und mit den Hunden Schlitten fahren auch schon lange nicht mehr. Tagelang komme ich nicht in den Ort, weil der Schneeräumer nicht heraufkommt. Die Straßen im Tal haben Vorrang. Nur Karin und Karl in der bewirtschafteten Almhütte sind meine einzigen Nachbarn. Wie es ihnen wohl geht? Da klingelt das Telefon. Karin richtet mir die Entscheidung der Gemeinde aus. Wegen Lawinengefahr kann die Straße nicht mehr geräumt werden und wir dürfen nicht ins Freie. Sie rät mir, nach Deutschland zurückzufahren; denn nur innerhalb der nächsten Stunde komme ich noch weg. Sie versucht mich zu beruhigen. Ich bleibe, ohne zu wissen, was mich erwartet. Ohne Strom zu sein, ist für viele schon unvorstellbar, dann noch allein und jetzt auch noch abgeschnitten .

Die Lawinengefahr, denke ich, wird nicht so lange anhalten und außerdem will mein Mann am Wochenende zu Besuch kommen. Es schneit, wie in Daunen gepackt ist alles, aber meterhoch. Endlose Stille, fast unerträglich still ist es um mich. Nichts, aber auch gar nichts zu hören. Nicht mal Wind. Nur gleichmäßiger Flockentanz. Was sonst so beruhigend wirkt, macht mich ungeduldig. Frau Holle könnte doch endlich aufhören.

Am nächsten Morgen ist es dunkel. Die Fenster sind jetzt auch zugeschneit. Die Tür geht kaum noch auf. Die Hunde müssen auf dem Balkon ihr Geschäft verrichten. Ich habe Angst. Die Zeit vergeht kaum. Ich kann nicht raus, nichts tun. Der Gedanke an noch einen Tag bei Lawinengefahr lähmt mich.

Da, ein gewaltiger Knall. Weit entfernt löst eine Lawine ihre Massen und schiebt sie erbarmungslos den Hang hinunter. Bäume, Steine reißt sie mit sich. Ich sehe sie nicht, aber die Massen sind bis in die geschlossene Hütte deutlich hörbar. Da hat sich viel bewegt. Zum Glück bin ich verschont. Ob die Telefonleitung noch heil ist? Ja, das beruhigt mich. Allerdings berichtet mein Mann, wie gefährdet unsere Region ist. Er weiß aus den Nachrichten, dass im nächsten Skigebiet die Gäste per Hubschrauber ausgeflogen worden sind. Sollte mir und den Hunden das auch bevorstehen? Zweifel überkommen mich, ob es richtig war zu bleiben. Ich backe mir Brötchen, weil ich kein Brot mehr habe. Mein Kopf zerspringt fast, ich kann fast nicht mehr denken.

Nächster Tag: Ich muss mich zum Essen zwingen. Wie lange reichen die Vorräte? Ich beruhige mich, dass ich Erfahrungen mit Heilfasten habe. Schlimmstenfalls leite ich das ein, aber ich habe Angst. Schon zu lange sind wir so eingesperrt. Es bewegt sich nichts. Noch ein Tag. Die Scheibe in der Küche ist geplatzt, die Schneegewalt bedroht

Harmonie mit Sonnenschein

mich immer mehr. Ich kann nicht mehr. Mein Mann meldet: Zugverbindungen sind eingestellt die Busse fahren mit eingeschränktem Fahrplan. Egal, ich kann mir nicht mal mehr Sorgen machen, so fertig bin ich. Und wenn er von Deutschland hierher kommt, wie soll er den verbotenen, gesperrten Weg, den es außerdem gar nicht mehr gibt, 6 km hoch schaffen? Ich kann nicht mehr darüber nachdenken. Ich bete immer wieder nur das Vater unser und Maria, bitte hilf! Das sind die Worte, die mich retten.

Die Hunde verhalten sich ruhig. Sie schlafen viel, liegen und wirken gelassen. Sie lassen mich in Ruhe, als ob sie meine Nerven schonen wollten. Nur bei dem lauten Geräusch der abgegangenen Lawine schlugen sie an und waren schon vorher aufgeregt.

Heute wird Wolfgang kommen, mehr weiß ich nicht. Es hat aufgehört zu schneien. Wie ein Wunder empfinde ich das. Sechs Stunden später bellen die Hunde in die eintönige Einsamkeit. Es ist, als ob sie ihre Stimme wieder gefunden hätten. Wolfgang ist angekommen. Wie ein Wunder. Ich breche fast zusammen, weine und die ganze Anspannung löst sich. Alle Schutzengel waren um ihn. Notdürftig hat er Verbandmaterial um die Ski gewickelt und sich Meter für Meter hoch gekämpft. Er hat das Unmögliche möglich gemacht. „Danke", stammle ich und dann sinke ich weg. Ich erwache verwandelt und froh wie aus einem Traum.

Schneeweißes Paradies

Das werde ich nie vergessen.

Seither blieb ich nie mehr allein auf der ach so geliebten Alm, die in der schönen Steiermark nahe Admont liegt. Unser Hausberg ist der Bosruck mit der Wildrauenhöhle, und ein Pilgerweg führt nach Frauenstein. Zu Johanni ist der ganze Grat mit Fackeln beleuchtet. Ein atemberaubendes Erlebnis, wie damals auch die Sonnenfinsternis. Es wurde so dunkel, dass die Kühe sich hinlegten und weit unten im Ort die automatisch geschalteten Lichter angingen.

Nach zwei weiteren Tagen, genau am Rosenmontag, wurde die Straße, die im Winter als Rodelweg benutzt wird, in Abschnitten frei gefräst. Die Schneemauer fiel Meter für Meter, wir waren frei, ich war erlöst. Wie muß es den Menschen ergangen sein, als die Mauer fiel? Wir bereiteten die Abreise vor und fuhren untrainiert in die Tschechei, um in Donovaley bei der Europameisterschaft im Hundeschlittenrennen zu starten. Das war mein letztes Rennen. Ein denkwürdiger Abschluss. Gerne denke ich an die Zeit und bin froh, alle Hunde noch gesund mehrmals die Woche trainieren zu können. Einfach weil es Spaß macht und nicht mehr, um mir etwas zu beweisen.

Das „lächelnde" Team

2005
Mein Märchenweg

*Einen Weg mit anderen zu gehen
gibt Kraft und Mut.
Dennoch muss jeder seinen eigenen,
unverwechselbaren Weg gehen,
verbunden mit anderen,
aber auch allein.*

Gernot Candolini

Wünsch dir was, du Glücksvogel !

Ich wollte mehr für mich tun und selber aktiv an der Behandlung teilhaben, um den Weg zur Gesundheit zu finden. Da haben die Märchen mich besucht.

Sie förderten meine Selbstheilungskräfte und unterstützten mich auf der seelisch-geistigen Ebene. Zum Beispiel bewegte mich Frau Holle, wo Marie in einer Lebenskrise mit viel Leid springt, sie wird ohnmächtig und gelangt zu einer besonderen Kraft. Sie strahlt trotz Leiderfahrung. Ist das nicht ein Vorbild?

Oder Sterntaler, wo das Kind den Mut hat, seiner Nacktheit zu begegnen und geheimnisvolle, himmlische Kraft erhält. Bei Dornröschen beeindruckte mich die Auseinandersetzung mit dem Tod, wie die Grenzen von Mauern, Stacheldrähten und Dornenhecken durchbrochen werden und das hässliche Entlein, wer kennt nicht die Außenseiterrolle voller Einsamkeit und Verlassenheit, tief verwundet im Selbstwertgefühl, ausweglos wagt es den Weg in die Fremde. Es erblickt die Schwäne und seine Einzigartigkeit. Hans Christian Andersen hat damit und auch bei seinem Märchen "Das kleine Mädchen mit den Schwefelhölzchen"(die Heldin erfriert tatsächlich) das Grundthema des Inneren Kindes getroffen. Auch das Tapfere Schneiderlein ermutigte mich immer wieder und hellten meine Stimmung auf.

Disterwegschule, Neukirchen Vluyn

Ich spürte die wohltuende Qualität, und die Erfahrungen der Märchen berührten mich.Vor allem, wenn sie von der Kraft der Seele erzählten, die uns Menschen beflügelt. In dem Märchen von „Der Schwanenfrau" (Litauen), die aus dem Wasser befreit wird, durchs Feuer geht, auf der Erde lebt und sich in die Luft erhebt, fasziniert mich die Verwandlung. Ja, ich wollte Abschied für immer nehmen, die Trauer hinter mir lassen und endlich den innigen Wunsch nach Leben erleben. Die Raupe im Olivenbaum, in dem Märchen von Folke Tegetthof schaffte es auch. Die Liebe, das Leben gibt es wirklich!!! So jubelt sie nach Zeiten der Verwandlung.

Und in dem chinesischen Märchen, „Der gelbe Storch", heißt es: Wenn es ein Wunder gibt, dann ist es immer für alle da.

Können Sie sich vorstellen, wie wertvoll mir solche unglaublichen Spiegelungen wurden? Wie einen nassen Schwamm habe ich zuerst Märchen der Brüder Grimm aufgesogen (Gevatter Tod) und dann Überlieferungen aus meiner Heimat. Aus Weisheitsmsärchen wie z.B. „Der Schwertmeister" (aus Japan) zog ich Erkenntnisse. Da heißt es: „Bokuden ist souverän. Er ruht in sich, er handelt nach seinen Regeln und lässt sich nicht von anderen Regeln diktieren." Diese Haltung, diese Übereinstimmung mit sich selbst war das, was ich suchte. Das Märchen aus Griechenland „ Die drei Moiren" lehrte mich eine neue Lektion. Es ist ein Liebeslied im Sinne des gleichnamigen Gedichtes von Rainer Maria Rilke " Wie soll ich meine Seele halten, dass sie nicht an deine rührt…" Ja, die Liebe spielt eine große Rolle. Wenn ich den Sog der Jenseitswelt zu stark spürte, erinnerte ich mich an die Schicksalsfrauen aus diesem Märchen. An die Weiße, die Schwarze und an die Rote, die den Lebensfaden von der Frau an sein Leben angebunden hat. Es endet mit den Worten: „ So war ihr Schicksal, so war es ihnen beschieden, weil es der Herrgott so zugelassen hat." Bei Rose Ausländer heißt es in „Menschenblumenzeit" „Wie gerne würde ich mich wandeln und wie eine Rosenknospe aufblühen!" Anais Nin schreibt: „Und

„Die Märchen kommen" – Admont, Österreich

dann kam der Tag, da das Risiko, in der Knospe zu verharren, schmerzlicher wurde als das Risiko zu blühen." Dieser Prozess, auf der Suche nach einer neuen Identität hielt bei mir lange an. Um nicht zu sagen Jahre und immer während. Die Märchen haben mir geholfen; denn sie sind getragen von Hoffnung auf Veränderung und Verwandlung und von dem Bewusstsein, dass der Mensch Selbstheilungskräfte besitzt, die geweckt werden können. Nach einer Phase heilender Trauerarbeit, wo ich den Verlust als Realität akzeptieren lernte, entschied ich mich für ein neues, anderes Leben. Das war ein einschneidender Wendepunkt.

Dann besuchte ich viele Seminare, den Märchenkreis in Kevelaer und Ratingen, wurde Mitglied in der Europäischen Märchengesellschaft und lernte lebendiges freies Erzählen.

Es gibt Geschichten, die gehen einem durch und durch. Dann gibt es wieder welche, die sind so wunderschön, dass einem die Bilder immer wieder in den Sinn kommen. Gerade in entscheidenden Momenten des Lebens liefern sie befreiende Anstöße, einen mentalen Kick. Für mich ist es ein großes Vergnügen, von Heldinnen zu erzählen, die auszogen, um ihr Glück zu finden. Dabei habe ich meinen ganz eigenen Stil entwickelt und liebe die Kombination mit anderen Künsten, wie Musik, Gesang und Tanz.

Märchen haben eine lange Tradition. Sie sind für alle da und warten, gelesen, gehört oder erzählt zu werden. Sie veränderten mich, und dafür bin ich dankbar. Wer hätte sonst meine Lebensgeister geweckt und die lähmende Angst in meinem Denken, Fühlen, Handeln befreit? Wie hätte ich sonst Abstand gewinnen können von dem Schock der Diagnose, wie hätte ich herausfinden können aus dem Gefühl der Ohnmacht, des Ausgeliefertsein an ein unbarmherziges Schicksal? Die Märchen haben mir zu Autonomie verholfen. Das war die Voraussetzung um das bisherige Leben, mit Abstand zu betrachten und das künftige mit Entschlusskraft angehen zu können.

Die lähmende Hilflosigkeit, die Stimmungsschwank ungen und die Wut wechselten sich ab mit Mut, Zuversicht und Kampfbereitschaft. Beides, die Achterbahn der Gefühle und das seelische Tiefdruckgebiet blieben mir treu. Zum Glück wurde ich trotz depressiver Verstimmung geliebt, wo ich mich selber schon lange nicht mehr leiden mochte. Sollte ich mich trennen können von dem Ballast, mich entscheiden für die Liebe und mir die Lebensfreude nehmen? Viele ernsthafte Fragen warten auf ehrliche Antwort. Wenn ich die Diagnose Krebs überwinden kann, welche Möglichkeit habe ich dann? Die Krebsdiagnose begleitet mich bis ans Ende meines Lebens, auch wenn der Tumor weg ist.

Gibt es neben den Hunden, dem Tanz, den Märchen, dem Studium der Individualpsychologie „Malen nach Märchen" etwas, was noch verwirklicht werden will? Ja, aber das ist ein Geheimnis.

Produzent & Vertrieb Annette und Pfarrer Achijah Zorn, achijah@web.de

Danke sage ich allen Leserinnen und Zuhörerinnen des Hörbuches. „Das Rennen ins Leben" schließt mit der Aussicht eines neuen Themas: „Das Reden ins Leben". Ich verabschiede mich mit zwei wunderbaren Märchen.

Der Tiefkühl-Engel

Erzählt von Cordula Carla Gerndt, aus ihrem Buch
"Blaue Stunde" www.geschichtenpraxis.de

Alles begann damit, dass meine Großmutter im Supermarkt zwei tiefgefrorene Hühnchen zu einem besonders günstigen Preis kaufte. Über der Tiefkühltruhe hing ein großes Schild: zwei Hühner zum Preis von einem! „Das sind 50% Rabatt!", rief meine Großmutter erfreut und packte sofort zwei Hühnchen in den Einkaufskorb. Als wir anschließend an der Kasse anstanden, sagte meine Großmutter zu mir: "Weißt du was? Heute Abend gibt es Hühnchen a la grandmere!" A la grandmere – nach Großmutter Art!

Die Worte a la grandmere hatten für mich als Kind einen Zauberklang. Denn immer wenn meine Großmutter etwas a la grandmere machte, dann legte sie ihr ganzes Herz und ihre ganze Liebe hinein. Wenn meine Großmutter a la grandmere Strümpfe strickte, dann bedeutete das, dass sie eine besonders schöne, weiche Wolle auswählte und viele bunte Muster hineinstrickte. Wenn meine Großmutter uns Enkelkinder a la grandmere ins Bett brachte, dann bekam man eine Wärmflasche, ein dickes Federbett, sieben weiche, warme, feuchte Küsse, ein kleines Stück Schokolade als Betthupferl und natürlich eine Gute-Nacht-Geschichte! Und wenn meine Großmutter a la grandmere kochte, dann verwandelte sich ihre Küche in eine Hexenküche.

So war es auch an diesem Tag, als wir die beiden tiefgefrorenen Hühnchen im Supermarkt gekauft hatten. In Großmutters Küche wurde der Ofen eingeheizt. Er stand mitten im Raum, sodass man von allen Seiten etwas draufstellen konnte. An den Küchenwänden hingen viele Töpfe, Pfannen Teller und Tassen, überall standen Gewürzkräuter herum und meine Oma bewegte sich wie eine Zauberin in ihrem Reich. Sie kochte und brutzelte, hackte und schnitt, mischte und rührte. Ich durfte währenddessen auf dem Küchentisch sitzen, mit den Beinen baumeln und die Hexenküchenatmosphäre genießen. Neben mir auf dem Tisch lagen die beiden tiefgefrorenen Hähnchen zum Auftauen.

Wie ich da so saß und mein Blick zufällig die beiden Hähnchen streifte, sah ich auf einmal, wie das eine Hühnchen neben mir auf dem Tisch ganz langsam die Beine bewegte! Oma, kommst du mal!" rief ich erschrocken. Meine Großmutter trat an den Küchentisch und als ich ihr von meiner Entdeckung berichtete, zog sie ihre Brille aus der Schürzentasche, setzte sie auf die Nase und betrachtete das Hühnchen ganz genau. „ Du lieber Himmel!", rief sie dann. „Das ist gar kein

Hühnchen! Das ist ein gerupfter und tiefgefrorener Engel!" Jetzt sah ich es auch: Die Beinchen sahen gar nicht aus wie Hühnerbeinchen. Unten war ein nacktes Füßchen, dann folgte ein Unterschenkel, ein Knie und ein Oberschenkel. Die Flügelchen waren kahl gerupft, die Lippen des kleinen Kerls blau vor Kälte und über dem Kopf sah man einen gefrorenen Kranz aus Eis. Wirklich, es war ein Engel!

„Schnell", rief meine Oma, „hol den Heizlüfter aus dem Badezimmer und die dicke Wolldecke aus dem Wohnzimmer. Wir müssen den Kleinen so rasch wie möglich auftauen!" Ich tat wie geheißen. Wir steckten den Heizlüfter ein und stellten ihn unter den Küchentisch. Liebevoll hüllte Großmutter den Engel in die Decke. Sie warf noch einen kritischen Blick auf das zweite tiefgefrorene Hühnchen, aber hier handelte es sich tatsächlich um gewöhnliches Geflügel. Der gefrorene Engel tropfte und triefte. Ich wischte mit einem großen Lappen das Tauwasser vom Küchenboden und meine Großmutter rubbelte den kleinen Kerl immer wider in der Decke warm. So taute der Engel allmählich auf. Nach einer Weile verzog er die blassen Lippen zu einem zaghaften Lächeln und erzählte uns dann, wie er in diese missliche Lage geraten war.

Oben im Himmel war der Engel nämlich gerade dabei gewesen, die große Schutzengelprüfung zu absolvieren. Das ist eine sehr schwierige Prüfung, für die man lange lernen und üben muss. Wenn ein Engel ein Schutzengel werden will, muss er nicht nur sehr gut fliegen können, sondern vor allem sehr verantwortungsbewusst, zuverlässig und mutig sein. „Lasse das zu schützende Lebewesen niemals aus den Augen!", lautet das oberste und wichtigste Schutzengelgebot. Um dies zu trainieren, müssen alle Engel, die Schutzengel werden möchten, einen Probetag auf der Erde verbringen und ein Lebewesen nach allen regeln der Kunst beschützen. Dem kleinen Engel, der jetzt in der Küche meiner Großmutter saß, war für seinen Übungstag ein Huhn zugeteilt worden. Gott sei Dank! Glück gehabt! Hatte der Engel erfreut gedacht. Ein Huhn, das war ja nicht schwer. Wenn man einen Löwen beschützen muss oder einen fußballspielenden Jungen oder einen Regenwurm – das ist kompliziert. Aber ein Huhn! Was sollte da schon passieren? Natürlich musste man den Fuchs im Auge haben und auch nach vergifteten Körnern Ausschau halten. Aber sonst droht einem Huhn kaum Gefahr.

Voller Zuversicht war der kleine Engel hinunter geflogen. Bald schon hatte er sein Huhn ausfindig gemacht und achtete sehr sorgsam darauf, es niemals aus den Augen zu lassen. Er flog vor dem Huhn her, wenn es Körner pickte. Er flog hinter dem Huhn her, wenn es über den Hühnerhof lief. Er flog um das Huhn herum, wenn es einfach herumstand und gackerte. Er machte sich ganz dünn und flog unter dem Huhn durch, wenn es auf die Hühnerleiter hüpfte. So konnte er es leicht auffangen, falls es ausrutschen sollte. Der kleine Engel machte seine Sache gut. Aber leider waren auf dem Hühnerhof sehr, sehr viele Hühner, die liefen dicht an dicht gedrängt herum. Es war gar nicht so einfach, das Schutzhuhn nicht aus den Augen zu verlieren. Und der kleine Engel konzentrierte sich so sehr auf sein Huhn, dass er gar nicht bemerkte, wie er gemeinsam mit dem Tier, das er beschützen sollte, auf ein Förderband geriet, in eine große Halle hinein gefahren wurde und schließlich mit dem Huhn zusammen in der Rupf- und Gefriermaschine landete. Auf diese tragische Weise war er in die Tiefkühltruhe des Supermarktes und von dort in die Küche meiner Großmutter gelangt.

Nachdem uns der kleine Engel seine Geschichte erzählt hatte, ließ er traurig seine kahlen Flügelchen hängen. Keine einzige Feder war mehr daran. "Wie soll ich denn jetzt wieder zurück in den Himmel kommen?"; schluchzte er. "Ich muss doch nach Hause! Und wie soll ich die Schutzengelprüfung machen, wenn ich hier unten auf der Erde bin?" Mit großen Engelstränen tropfte er den Küchenboden voll. Ich wischte die Pfütze auf. Aber meine Großmutter, die eine sehr patente Frau ist und für jedes Problem eine Lösung hat, sagte: "Also, lieber

Engel, du bleibst jetzt erst mal hier bei uns. Für eine Weile kannst du hier wohnen. Und während die Federchen auf deinen Flügeln nachwachsen, werde ich mit dir für die Schutzengelprüfung lernen. Auf diese Weise bist du gut vorbereitet, wenn du schließlich in den Himmel zurückkehrst."

Gesagt, getan. Tag für Tag tapste der Engel vormittags zu meiner Großmutter in die Küche, setzte sich zu ihr an den Küchentisch und paukte dort für die Prüfung im Himmel. Meine Oma holte das Buch Was frohlockt denn da? Aus dem Bücherschrank und übte mit dem Engel die Himmelsornithologie rauf und runter. Sie fragte ihn zur Wolkenkunde ab, ließ sich die wichtigsten Schutzengelgebote aufsagen und prüfte all das, was ein Schutzengel wissen muss. Man kann sich vorstellen, dass das eine Menge ist! Woher meine Großmutter über den Prüfungsstoff für Schutzengel so gut Bescheid wusste? Nun, so ist meine Oma. Sie ist eben eine Zauberin.

Eines Tages jedoch, als meine Großmutter den Engel wie jeden Vormittag zum Lernen in die Küche rief, bemerkte ich, wie die nackten Füße des Engels nicht wie sonst über die kalten Fliessen tapsten. Nein, der Engel schwebte ein kleines Stück über dem Boden! Auf seinen Flügeln waren inzwischen ganz viele schneeweiße, flaumige Federn nachgewachsen und trugen ihn durch die

Luft. Am nächsten Tag noch ein Stück höher über dem Boden, am übernächsten Tag – war er verschwunden. Einfach so. Weg. Ohne Abschiedsworte. Ohne Abschiedsbrief. Das Einzige, was er zurückließ, war eine kleine, weiße Feder. Sie lag auf dem Küchentisch meiner Großmutter.

Diese Engelsfeder habe ich sehr gut aufbewahrt. Sie erinnert mich bis heute an die Geschichte mit dem kleinen Tiefkühl-Engel. Und ich bin sicher, dass er seither oben im Himmel einen ganz besonderen Engel gibt, der seine Schutzengelprüfung mit Bravour bestanden hat und der meine Großmutter und mich niemals aus den Augen lässt.

Genieße das Leben!

Schläft ein Lied in allen Dingen,
die da träumen fort und fort,
und die Welt hebt an zu singen,
triffst du nur das Zauberwort.

Joseph v. Eichendorff

- 89 -

Die weiße Taube

Vor eines Königs Palast stand ein prächtiger Birnbaum, der trug jedes Jahr die schönsten Früchte, aber wenn sie reif waren, wurden sie in einer Nacht alle geholt, und kein Mensch wusste, wer es getan hatte. Der König aber hatte drei Söhne, davon ward der Jüngste für einfältig gehalten und hieß der Dummling; da befahl er dem Ältesten, er solle ein Jahr lang alle Nacht unter dem Birnbaum wachen, damit der Dieb einmal entdeckt werde. Der tat das auch und wachte alle Nacht, der Baum blühte und war ganz voll von Früchten, und wie sie anfingen reif zu werden, wachte er noch fleißiger, und endlich waren sie ganz reif und sollten am anderen Tage abgebrochen werden; in der letzten Nacht aber überfiel ihn ein Schlaf, und er schlief ein, und wie er aufwachte, waren alle Früchte fort, und nur die Blätter noch übrig. Da befahl der König dem zweiten Sohn ein Jahr zu wachen, dem ging es nicht besser, als dem ersten; in der letzten Nacht konnte er sich des Schlafes gar nicht erwehren, und am Morgen waren die Birnen alle abgebrochen. Endlich befahl der König dem Dummling ein Jahr zu wachen, darüber lachten alle, die an des Königs Hof waren. Der Dummling aber wachte, und in der letzten Nacht wehrt er sich den Schlaf ab, da sah er, wie eine weiße Taube geflogen kam, eine Birne nach der anderen abpickte und fort trug. Und als sie mit der letzten fortflog, stand der Dummling auf und ging ihr nach; die Taube flog aber auf einen hohen Berg und verschwand auf einmal in einem Felsenritz. Der Dummling sah sich um, da stand ein kleines graues Männchen neben ihm, zu dem sprach er: „Gott gesegne dich!" – „Gott hat mich gesegnet in diesem Augenblick durch diese deine Worte", antwortete das Männchen, „denn sie haben mich erlöst, steig du in den Felsen hinab, da wirst du dein Glück finden." Der Dummling trat in den Felsen, viele Stufen führten ihn hinunter, und wie er unten hinkam, sah er die weiße Taube ganz von Spinnenweben umstrickt und zugewebt. Wie sie ihn aber erblickte, brach sie hindurch, und als sie den letzten Faden zerrissen, stand eine schöne Prinzessin vor ihm, die hatte er auch erlöst, und sie ward seine Gemahlin und er ein reicher König und er regierte sein Land mit Weisheit.

Text aus „Die Kinder- und Hausmärchen der Brüder Grimm", in ihrer Urgestalt herausgegeben von Friedrich Panzer, Hamburg-Bergedorf 1948, zwei Bände

Ich erzähle dieses Märchen leidenschaftlich gern, weil es voll von Zauber, Wunder und Hoffnung ist und Verwandlung, Erlösung stattfindet. Außerdem spüre ich nach jedem freiem Erzählen, wie mich dieses Tun verändert. Ja, es macht etwas mit mir.

Die eigene Verantwortung, das eigene Leben in die Hand nehmen ist gefragt, das Wahrnehmen der guten Geister unterwegs und auch der Beitrag eines anderen, also das Gute einer Gemeinschaft. Wie der geringgeschätzte Dummling zum Helden, zum Erlöser, zum Heilsbringer wird, darüber hat Achijah Zorn in der Fliedner Kirche in Mülheim an der Ruhr während eines besonderen Gottesdienstes gepredigt. Alle hörten mucksmäuschen still zu, denn wie Gott sich im Märchen zeigt, war spannen. Ich wünsche mir noch mehr solch wunderbarer Predigten, weil sie die Beziehung Gott und Märchen auf ganz neue und andere Weise erschließen.

Als Ergänzung noch eine Bibelstelle aus dem 2.Korintherbrief 12,9: „Laß dir an meiner Gnade genügen; denn meine Kraft ist in den Schwachen mächtig."

Ich breite meine Flügel aus,
ich öffne mein Herz,
ich liebe das Leben.

Nachwort zu „Das Rennen ins Leben"

Das Buch von Elisabeth Nieskens habe ich voll Spannung gelesen - einmal weil ich die Autorin persönlich kenne, zum anderen, weil ich in meinem Arbeitsfeld Telefonseelsorge immer wieder Menschen erlebe, die von Krankheit aus ihrer Lebensbahn geworfen werden und Schritte durch diese Krise ertasten.

In atemberaubendem Tempo ist die Autorin zunächst mit der Hiobsbotschaft umgegangen. Der blick nach vorn zur Hundeschlitten-Weltmeisterschaft wurde ihr überlebenswichtig. Ja, welche Kräfte setzen Ziele frei – und welche heilende Wirkung hat es, nicht sich durch die Krankheit nur lähmen zu lassen, sondern eigene Handlungsmöglichkeiten zu entdecken. Doch Elisabeth Nieskens merkt es, doch Anrufende bei der Telefonseelsorge merken es: Der Wille ist oft schneller als die Seele. Die Seele braucht Zeit, wirkt dafür oft nachhaltiger heilend als die Vorsätze und inneren Zielvorgaben. Die Seele ist nicht aktiv handelnd, sie lässt sich berühren, sie nimmt auf Unsere Autorin lässt sich zum Tanz verführen, ihre Seele lässt sich von Märchen besuchen. Das verwandelt sie, das macht sie frei. In der Tat: Wer ihr begegnet erlebt eine verwandelte Elisabeth, die ihre Wärme mit neuer Kraft paart.

Beeindruckt bin ich vom Mut der Autorin – wie vom Mut vieler Anrufenden, sich nicht aufzugeben, zu harren, zu hoffen, aufzustehen und zu fallen und wieder aufzustehen. Noch beeindruckt bin ich von ihrer Demut, das nicht sich selbst zuzuschreiben, sondern anderen Menschen und dem Anderen, der unser Leben trägt – durch Dick und Dünn!

Olaf Meier
Leiter der Telefonseelsorge Duisburg Mülheim Oberhausen

Epilog

Elisabeth Nieskens hat ein wundervolles Buch geschrieben. Ein Tagebuch, in dem sie von ihrem unerbittlichen Kampf gegen die Krebskrankheit erzählt.

Die geborene Österreicherin, die sich in den hohen Bergen ihrer Heimat zu Hause fühlt und sich dort bei ihrer Alm mit ihren fünf Hunden auf das Schlittenhunderennen, dem Weltmeisterwettkampf im Februar 2001, vorbereitet, wird völlig unerwartet nach ärztlicher Untersuchung mit der Diagnose konfrontiert. Krebs. Sie muss sich einer Brust-Operation unterziehen, einer Nach-Operation und auch noch der gefürchteten Chemo-Therapie. Die Therapie setzt ihr zu: „Ein radikaler Verfall. Ich bin mir selber fremd. So apathisch, leblos, lustlos, 48 kg atmendes Fleisch."

Trotz ihrer körperlichen Schwäche hält sie zäh an ihrem Vorsatz fest, an dem Schlittenhunderennen teilzunehmen. Um sich zu erholen, fährt sie mit ihrem Mann zur Alm nach Österreich. Am Heiligen Abend hat sie einen prophetischen Traum. „ Ich habe geträumt, dass ich plötzlich gesund war und habe es am ganzen Körper gespürt."

Die Chemotherapie schlägt an. Zwei Monate später geht sie mit ihrem Gespann auf den Trail und erreicht ohne Sturz das Ziel. „Das Rennen" schreibt sie, „hat mein Leben gewendet. Es hat mich auf die Lebensspur zurückgebracht". Sie verdankt den Erfolg der liebevollen Unterstützung ihres Mannes und den ermutigenden Worten ihres Bruders und ihrer Freunde.

Ihren Samojeden, den lächelnden Hunden, gedenkt sie mit einer anrührenden mythischen Geschichte, die sie in Amerika gehört hat: „Die Seele des Samojeden". Die Geschichte handelt von einer Zeit, als Tiere und Menschen einander näher standen und die gemeinsame Sprache des Lebens verstanden. In dieser Geschichte spiegelt sich die seelische Verbundenheit der Autorin mit ihren eigenen Hunden.

„Das Rennen ins Leben" ist gelungen. „Was ist das nächste Ziel nach dem Rennen?" fragt sich Elisabeth Nieskens. Sie findet schöpferische Wege zur Bewältigung ihrer Bewegungseinschränkung. In einer Tanzgruppe genießt sie die „befreiende, beseelende und stärkende Wirkung von Musik, Bewegung und Gemeinschaft". Sie spürt ihre eigenen Gesundheits-Ressourcen.

Aber der Krebs hat seelische Nachwirkungen. In einer Depression denkt sie an den Tod, wie ihre Beerdigung gestaltet werden sollte. Indem sie das ihrem Tagebuch anvertraut, erwacht wieder ihr Lebenswille: „ Sterben kann ich, leben möchte ich lernen!" Die Seele spricht zu ihr: "Nimm dir das Leben, glaub an den Kreislauf der Natur, in der du einen ganz besonderen Auftritt hast."

Ganz besondere Auftritte sollten später die Märchen ermöglichen. „Die Märchen haben mir geholfen; denn sie sind getragen von Hoffnung auf Veränderung und Verwandlung und von dem Bewusstsein, dass der Mensch Selbstheilungskräfte besitzt, die geweckt werden können."

Dieses Buch, die Dokumentation eines Kampfes gegen den Krebs, ist jedem, der ein schweres leid zu ertragen hat, zur Lektüre empfohlen. Es macht Mut, auf die Stimme seiner Seele zu hören. Aber auch der Gesunde wird durch dieses Buch angeregt, auf seine eigenen kreativen Kräfte zur Lebensführung zu achten.

Prof. Dr. phil. Wilhelm Overdick
Düsseldorf-Kaiserswerth

Man wird wieder
aus Himmel und Sternen
Bilder machen
und die Spinnweben alter Märchen
auf offene Wunden legen.

Christian Morgenstern

Ein herzlicher Gruß an alle, die dazu beigetragen haben, dass dieses Taschenbuch so zustande kommen konnte:
Wolfgang, Olaf, Wilhelm, Doris, Cordula, Gabriele und Edda

Danke!

Wertvolle Informationen

Elisabeth Nieskens
Am Kirchmannshof 7
47249 Duisburg
0203/721478
nieskens-elisabeth@t-online.de
maerchenerzaehlerin.eu

Cordula Carla Gerndt
Autorin von „Blaue Stunde"
www.geschichtenpraxis.de

Olaf Meier
Leiter der Telefonseelsorge
Duisburg Mülheim Oberhausen
duisburg@telefonseelsorge.de

Bundesverband Seniorentanz.e,V.
Insterburger Straße 25
28207 Bremen
Verband@seniorentanz.de

TTEAM-Gilde Deutschland
Bibi Degn
Hassel 4
57589 Pracht
gilde@tteam.de
www.tteam.de

Individualpsychologisches Institut
Niederrheinstraße 372
40489 Düsseldorf
wilhelm@overdick.org

Europäische Märchengesellschaft e.V.
Bentlager Weg 130
48432 Rheine
info@maerchen-emg.de

Systemische Seminare
Marlies Warncke
47058 Duisburg
warncke@system-aufstellungen.de

Westdeutscher Fußball- und Leichtathletikverband
Friedrich- Alfred-Str. 11
47055 Duisburg
bildungwerk@wflv.de

Gabriele Röhn
Autorin „Der Tanz ins Leben"
info@gabriele-roehn.de

Duo Feenetti & Stimmwerkstatt
Sandra Antoinette Schindler
Felicitas Weihmann-Grote
Querstraße8
47228 Duisburg
sandra-antoinette@web.de

Berghütte
Karin Renn & Karl Völk
Ardningalm 50
A 8904 Ardning
ardningalm@aon.at

Figurentheater Kolleg
Hohe Eiche 27
44892 Bochum
www.figurentheater-kolleg.de

Insel-Ferienwohnungen
Märchen - Festival
Dahlmann@wildlachs.de
DK Bornholm

Bienenmuseum Duisburg
Kirchfeldstraße 3
47239 Duisburg
www.bienenmuseumduisburg.de

TaktVerlag&Studio, Böckler
Roßstr. 241
47798 Krefeld
www.taktverlag.de

„Frohkost" Josefa Bucher
Neersenbroicherstr. 10
41066 Mönchengladbach
Josefa.Bucher@t-online.de

Herzlich willkommen bei MärchenArt
Erzählperformance mit Musik&Tanz
professionell- lebendig- kreativ

Sie lieben zuzuhören?
Sie genießen die Spannung?
Sie möchten selber erzählen?

Dann rufen Sie mich an!
Gerne schicke ich ihnen die aktuellen Termine für die nächsten öffentlichen Erzählveranstaltungen für Erwachsene und Kinder ab 4.Jahren zu. Rufen Sie mich auch an, wenn sie einen Wunsch haben und vielleicht ein Märchen zu einem Geburtstag verschenken wollen. Ich bringe ein ganz individuell gestaltetes Programm mit. Auch während eines Menues oder nach dem glücklichen „Ja" im Standesamt lohnen sich Märchen auf jeden Fall.
Meine Spezialitäten sind Mundarterzählungen im österreichischen Dialekt und die Kooperation mit anderen Künstlern und Künstlerinnen.
Im Internet finden Sie Informationen über mich und meine Arbeit. Bitte nehmen Sie bei Interesse Kontakt mit mir auf, auch wenn Sie eine der verschiedenen CD´s, mit meiner Originalstimme, bestellen möchten. www.maerchenerzaehlerin.eu

* Hörbuch-CD "Das Rennen ins Leben „
* Märchen-CD „Goldhaar und Glück"
* Predigten-CD„Dummlinge", ab Juli 2007